JN142665

介護川柳 おもいやり

〜「一日一句」五年間の集大成〜

八雲 憲司 Yagumo Kenji

風詠社

はじめに

私は現在、通所介護施設デイケアセンター（デイホーム）の介護のお世話になっている高齢者、身体障害者、今年九十歳の男性です。六十四の時、脳梗塞で倒れ、その後、左半身麻痺の状態で二十数年の人生を送ってきました。第一線から退いて、過去とはすべての縁を切って新しい人生を過ごしてきました。その間、前立腺の手術を受けたり、心筋梗塞で入院してカテーテルの治療をしたり、転倒骨折で大腿骨を損傷して長期の入院など苦労を重ねてきましたが、多くの方々の介護のお世話により、日々のリハビリや歩行訓練を繰り返し、今では補助具や杖など、特に最近では車椅子の世話になりながらデイホームに通い、それなりの楽しい生活を送っています。

この間、数多くの高齢者や身体障害者の方々と知り合いになり、同病相憐れむとは言えませんが、家族の話や過去の経験など、互いに打ち解け合ってお付き合いを楽しんでいます。デイホームでは、専門の介護スタッフにより、私たち要介護者の日々のリハビリや脳トレに重点を置き、少しでも日常生活に不便のないよう、他人事ではなく家族の一員としての介護をしていただいています。本当に、感謝、感謝の毎日です。

高齢者の方とお付き合いをして感じるのは、彼らはみんな寂しさを持っているということです。加齢とともに友人も少なくなり、他人とコミュニケーションを取ることが少なくなります。その上、積極性の低下、体力の衰えなどもあり、自分から進んで他人とのコミュニケーションを増やそうとすることが少なくなってきています。この高齢者たちの気持ちや心に秘めている希望を知ることによって「敬老の精神、高齢者対策」というものを少しは理解していただくことにつながるのではないでしょうか。

二〇一三年のお正月、これらを皆様にわかっていただくために、今、流行の川柳にしてみようと思い立ち、誰からの指導も受けることなく、一日一句、詠んでみることにしました。これらを「介護川柳　おもいやり」と名付け、爾来五年間続けてきました。この間、多くの高齢者の方々の励ましをいただき、今日に至りました。齢九十歳になったこの日、過去五年間を振り返ってみようと思い、今回の『介護川柳　おもいやり～「一日一句」五年間の集大成～』としてまとめてみました。多くの人たちに読んでいただければ、これに勝る喜びはありません。川柳としては上手くもありません、字余りや字足らずもご愛嬌と笑っていただければと思っています。私自身、今後も皆様の介護のもと元気に余生を過ごしたいと思います。

この「介護川柳」は、毎日介護を受けている私たち要介護者が、介護の意義、高齢者の心中、悩み事、日々の実態を五―七―五に詠んでみたものです。高齢者、身体障害者の有り様を少しはご理解いただけるのではと思います。また、この川柳は、毎日の出来事を時系列で詠んでみたものです。通算五年間を一日一句続けてきました。それぞれの時点で振り返ると、大きな感慨を覚えます。五十、六十歳、会社を定年退職された方々、高齢者予備軍の人たちに是非ご購読いただきたいと思います。

目次

平成二十五年（二〇一三年）

一月

喜寿過ぎて　数独卒業　次川柳

「介護川柳　おもいやり」と名付け、発句始め。

脳トレで　始めた麻雀　デイホーム

デイホーム　楽しい大人の　幼稚園

大雪で　てんやわんやの　デイホーム

血糖値　毎日測って　針のあと

里帰り　土産は自分の　好きなもの

1月

テレビから　ラジオに変わる　高齢者

餅食べて　口内異変　歯が取れた

デイホーム　話題はいつも　決まってる

ニューモデル　私の新車は　車椅子

糖制限　デイのおやつは　別計算

冬空に　励む自主トレ　デイホーム

おでんとは　昔は茶飯　今コンビニ

大相撲　オセロのように　白と黒

寒い冬　安心満足　介護入浴

介護保険　介護認定　そぞろ待ち

早春に　花の便りと　花粉情報

極楽と　地獄が同居　年寄りの風呂

二月

車椅子　幅寄せ車庫入れ　おてのもの

自動車の運転、今は車椅子の運転です。病院の狭い廊下での幅寄せ、車庫入れは昔とった杵柄。長い自動車の運転技術でスイスイ。

遠距離介護　仲を取り持つ　携帯電話

花粉症　杉と檜の　揃い踏み

恵方巻き　齧って取れた　我が入れ歯

高齢者　ふるさと懐かし　鍋料理

寿司ネタに　サーモンアボカド　新品種

自主トレで　趣味が増えた　デイホーム
大流行　インフルエンザと　花粉症
花粉症　鼻水垂らし　ガキと同じ
病院で　長くて退屈　待ち時間
脳トレの　クイズ正解　夢の中

デイホーム　朝の点呼は　バイタルチェック
デイホーム　スタッフが鬼の　節分豆まき
夢の中　美人とデート　老いらくの恋
日曜日　孫を集めて　麻雀会
デイホーム　みんなで歌う　故郷の歌

日曜日　みんなで見つめる　八重桜
小鳥来て　さえずる我が家の　桃の花
見上げれば　そびえる杉の木　花粉飛ぶ
単純と　馬鹿の違いが　わからない
春分の日　大雪情報　いとおかし

黒い雲　お隣さんの　贈りもの
デイホーム　テレビで応援　東京マラソン
倅《せがれ》から　孫へと移る　鍋奉行

三月

デイホーム　桜見物　車椅子

デイホームで桜の花見会をしてくれました。身体が不自由な身障者は車椅子で桜見物、下から見上げる花見も乙なもの。

花粉より　怖い隣の　大気汚染

犬の散歩　メタボ対策と　妻の声

花粉症　梅雨まで待てと　医者は言う

喜寿過ぎて　犬に引かれる　散歩道

円安で　庶民が困る　物価高

風船が　孫の手離れ　空へ舞う

デイホーム　みんなでわいわい　国自慢

午後三時　俺のおやつは　甘味なし

怖いもの　花粉と黄砂と　紫外線

春一番　やっと終わった　納税申告

ＴＰＰ　尊王か攘夷か　なんとしよう

寂しいな　俺には関係ない　ホワイトデー

春雨に　窓越しの空　汚染雲

大相撲　春場所には　夏もあり冬もあり

粕汁で　顔が真っ赤に　下戸の俺

逃げるが勝ち　足で稼ぐ　フットボール

花が咲き　場所取り準備が　初仕事

お彼岸の日　孫と頂く　雛あられ

春の嵐　口にマスクで　急ぐ家路

スギ花粉　続いて襲来　ヒノキ花粉

お彼岸に　桜満開　隅田川

花曇り　話の花が　咲くホーム

笑う顔　互いに見つめる　デイの友

孫が来て　白髪引っ張る　春日和

わいわいと　みんなで騒ぐ　誕生日

四月

アップルを　丸かじりする　iPad

私のおもちゃはiPad2です。ニュース、インターネット、ゲーム。朝から楽しんでいます。

春雷に　怯える孫は　俺の側

年度明け　介護制度も　様変わり

花冷えの　夜桜見物　マフラー巻く

空遠く　遥かに聞こえる　妻の声

寒空に　お伊勢参りの　我が家族

おはぎ食べ　血糖値測る　次の朝

大気汚染　次に来るのは　鳥ウイルス

春の風　くしゃみ三回　スギ花粉

白と黒　オセロゲームの　老人会

交渉は　白亜の館　ＴＰＰ

これでもか　ちょっかいかける　中国船
株上がり　調子も上がる　アベノミクス
通せんぼ　先回りしている　孫の足
プロ野球　スタートダッシュは　巨人軍
新年度　孫は今日から　社会人

運動会　スタート一番　ゴールはビリ

黄色は砂　黒はＰＭ　無色がウイルス

デイの友　急病の知らせに　他人事ではなし

デイホーム　モーニングは　ブラックで

デイホーム　黙々励む　針仕事

聞き取れず　無意味な返答　ボケ扱い

デイホーム　傘寿はまだまだ　若い人

地滑りや　地震雷　世は怪し

大連休　旅行に温泉　皆浮かれ

祝日も　働くスタッフ　介護職

五月

補聴器で　要らぬ雑音　地獄耳

高性能の補聴器を購入。要らない雑音がよく聞こえます。

空想で　作る川柳　情けない

ぶつぶつと　独り言多い　老いの果て

五月雨の　若葉に映える　奈良の街

Gウイーク　孫は遠くの　ハワイまで

Gウイーク　アサリ求めて　潮干狩り

Gウイーク　終わって残る　お疲れさん

川や溝　大量発生　偽シジミ

五月晴れ　初夏のような　夏の空

碁仇を　求めて集う　老人会

ヘボ将棋　待ったの数で　勝負あり

集音器　今じゃ進んで　補聴器に

大相撲　夏場所近し　空の雲

五月晴れ　孫と一緒に　鯉のぼり

キラキラと　輝くバッジ　新社員

エイジフリー　親身なケアの　デイホーム

反抗期　バタンと閉める　トイレの戸

キラキラと　ネオン懐かし　銀座の夜

踏み板を　踏んで驚く　野良猫が

孫の胸　キラキラ輝く　アクセサリー

朝採りの　新鮮たけのこ　ほんとかな

新鮮な　朝採れ玉子　値も高い

梅雨前の　厳しい暑さ　身に染みる

五月晴れ　若葉が萌える　庭の松

就活に　嬉しい内定　孫の声

今日もまた　血圧測る　妻の腕

ざわざわと　騒ぐ仲間の　顔合わせ

六月

時折は　便り聞かせて　去った友

いろいろな事情で、このセンターから去っていった友。その後何をしているのか、便りが欲しい。たまには様子を知らせてほしい。

六月は　早い梅雨入り　衣替え

初ひ孫　嬉しい声聞く　傘寿過ぎ

クールビズ　衣替えも　エコのうち

ちょっとだけ　わがまま言える　デイホーム

入梅時　昨日は雨傘　今日日傘

飛ぶ鳥を　眺めて想う　我が人生

妻と見る　古いアルバム　遠い空

内定後　就活仲間　バーラバラ

腰痛で　通う整体　朝一番

年老いて　昔頭痛　今腰痛

母の日に　合わせて作った　父の日を
また迷う　誰を選ぶか　都議選挙
父の日に　美味しいグルメ　プレゼント
今日も晴れ　空梅雨困る　水不足
これは旨い　アップルマンゴー　台湾から

父の日に　孫から招待　寿司最高
ちょっと待て　株は上がるが　生活は？
吉備団子　ポチも喜ぶ　贈りもの
大空に　遠く飛び出す　我が想い
今日もまた　勇んで通う　デイホーム

戦略か　戦術の差が　アベノミクス

車椅子　すいすい動く　バリアフリー

買っちゃった　孫にねだられ　ｉＰａｄ

デイホーム　麻雀将棋　出来る友

七月

補聴器を　つけて気が付く　鳥の声

新しい補聴器をつけてみて驚きました。値段だけのことがあります。今まで気が付かなかった鳥の鳴き声が、ばっちり我が耳に。

富士の山　三保の松原　共に良し

特ダネは　常に身近に　控えてる

夕暮れに　雷一発　梅雨明けた

ちょっと待て　今年の梅雨　ゲリラ豪雨

原因は　加齢ストレス　医者は言う

熱中症　怖い猛暑の　七夕様

懐が　寒い真夏の　熱中症

七夕の　願い届いた　夏の夢

梅雨明けて　猛暑襲来　夏の陣

飛ぶ鳥も　この猛暑には　顔見せず

ちょっと待て　水分取ったか　熱中症

不甲斐ない　大関陣の　星の色

参院選　アベノミクスを　評価する

熱中症　昔の呼び名は　日射病

物ねだる　時だけ近寄る　孫と犬

夏空に　もくもく昇る　黒い雲

帰宅時に　ゲリラ豪雨で　大騒ぎ

千秋楽　熱く幕引き　鰻の日

梅雨明けて　早々夏バテ　猛暑かな

驚いた　ゲリラ豪雨で　足取られ

猛暑日に　ゲリラ豪雨で　気温下がる
もう一度　欲しい三十路の　バイタリティ
若ければ　他人に負けない　富士登山
アベノミクス　所得倍増　数字の魔術
便り聞く　豪雨の被害　西の国

脳トレで　始めた川柳　ネタ不足

八月

カラオケで　歌う演歌が　懐かしい

暑いので、ストレス解消にカラオケで歌うのが高齢者のリハビリです。歳を忘れて歌ってみよう。懐かしの古い演歌。

猛暑日に　頂くご馳走　かき氷

夏休み　孫と一緒に　水遊び

夏バテで　ぐったりするのは　俺とポチ

ちょっと待て　本当に良いのか　アベノミクス

暑い夏　すっかり疲れた　老老介護

上野の森　中国パンダも　嘘をつき

甲子園　高校野球の　醍醐味だ

デイホーム　話題の定番　熱中症

今日もまた　猛暑伝える　テレビかな

昼下がり　補聴器で聞く　蝉の声

盆休み　鎌倉山の　肉旨し

盆休み　車すいすい　街の中

デイホーム　今日のランチは　特別だ

猛暑から　酷暑に変わる　予報かな

大砂嵐　燃える祖国は　テロとデモ

リハビリで　何をやらせる　この俺に
今日もまた　我慢比べの　病院で
癒し系　うちの女房は　肉食系
デイホーム　てんやわんやの　にわか雨
ほんとかな　平和の国　我が日本

入道雲　残暑厳しい　日照りかな

介護職　奉仕と仕事で　二人分

夕暮れに　空を仰げば　夏の雲

シリアでの　空爆影響　ガソリン代

脳トレの　ゲーム忙し　デイホーム

リハビリで　ケーキを作る　デイホーム

九月

忙しい　ぼやく診察　医者回り

今日は病院の診察が重複し、朝から検査、循環器、整形と大変。疲れたなぁと、ぼやく一日でした。

夏休み　終わって今日から　新学期

秋の空　台風もどきの　風強し

粉こねて　みんなで作る　デイのパン

取り戻せ　なくした青春　遼君の春

どうなっている　日本の国技　柔道と相撲

情けない　上位はすべて　外国人

ああ良かった　希望あふれる　東京五輪

物価高　庶民の懐　やや寒し

残暑過ぎ　爽やかな季節　秋の空

気持ち良い　孫と一緒に　栗拾い

絆の後　続く言葉は　オモテナシ
台風と　共に戻る　残暑かな
期待する　遠藤の活躍　秋の場所
台風で　飛んでしまった　敬老の日
オモテナシ　娘のくれた　祝い餅

脳トレの　テレビゲームで　大三元

花金で　ゲーム楽しむ　デイホーム

障害者　名月も団子も　夢の中

名月で　思い出新たに　若い頃

巨人のV　喜ぶ庶民　記念セール

デイの園芸　みんなで育てる　月見草
テレビ見る　川の氾濫　あっちこっち
念願の初V　楽天マー君　復興の街
街中で　ひょっと気になる　赤トンボ

十月

中秋の　名月追いかけ　庭に出る

「お月さまがきれい」と孫に誘われて、杖を頼りに庭に出てみました。

十月は　諸物価高騰　秋の風

徳俵　使って上手く　回り込み

新入りの　メンバー迎える　デイホーム

アベノミクス　給料上がらず　物価高

台風や　いつまで居座る　残暑かな

秋雨に　体調崩し　床につく

孫娘　キラキラ輝く　胸の蝶

特大の　花火見上げる　秋の夜

幾つもの　顔を持ってる　秋の空

床につく　病重し　夏の風邪

秋深く　喜寿の手習い　孫と一緒

運動会　みんなで応援　体育の日

学と社で　まったく変わる　就活動

嵐去り　いつもの訓練　防災の日

台風一過　北は豪雪　東京ポカポカ

デイホーム　いじめのメンバー　仲直り

二度三度　被害甚大　伊豆大島

流行に　備えて受ける　予防接種

異常気象　つぎつぎ登場　大型台風

闇雲に　辻褄合わせて　孫の歌

迷台風　準備だけさせ　逸れていく
脳トレで　みんなで歌う　故郷の歌
ハロウィンの　ケーキを作る　デイホーム
大相撲　番付発表　南国場所
もう始まった　年末商戦　百貨店

十一月

大相撲九州場所　景気か人気か　客少なし

大相撲九州場所。世の中の景気が良くないのか、相撲の人気がそれほどないのか、客の出足があまり芳しくない冬の場所です。

秋深く　厳しき寒さ　初冬の朝

勝ち取った　楽天イーグルス　大金星

そう言えば　後二か月で　新年だ

一句出来　心爽やか　秋の空

衣替え　早や冬装束　お年寄り

色づいた　銀杏並木に　気を取られ
冬本番　街ではみんな　冬支度
鍋シーズン　トラブル多く　食べるマナー
やってきた　木枯らし一号　我が街に
寒空に　荷物抱えて　里帰り

晩秋の　寒さ一番　木枯らし吹く

晩秋の　山を歩いて　紅葉狩り

アルバムを　開いて思う　七五三

イケメンは　女にもてても　身は持たず

晩秋の　寒さ厳しい　七五三

冬近く　寒さ一服　小春日和

病院の　診察料は　時間制

紅葉狩り　全国紅葉　秋深し

楽天の　優勝パレード　大出費

デイホーム　みんなで歌う　誕生日

秋深し　晴天続く　小春日和

担当医　代わって説明　新目標

イイニクの日　家族みんなで　焼肉を

十二月

年賀状　生きてるシルシ　友に書く

毎年出す年賀状は、まだ元気でやっているという印。もし年賀状を出すのをやめたら何かと勘繰られそうなので、頑張って筆を走らせています。

何となく　心せわしい　師走かな

好天続き　気になることは　空気乾燥

マスクして　病院に行く　風邪予防

伝統の　遺産登録　我が和食

師走月　あちこちで始まる　忘年会

これからだ　ボーナスシーズン　我が社では
肉食えば　すぐに反応　血糖値
恒例の　年末ジャンボ　夢託し
聞き飽きた　個人借金　五千万円
冬さなか　持病の腰痛　ちと厳しい

ギックリ腰　通う病院　年の暮れ

デイホーム　みんなで飾る　クリスマス

年の瀬に　寒波襲来　冬本番

年末に　事件発生　慌ただし

冬になり　おこじゅいただき　一休み

年越しの　準備は出来たか　あと十日
冬至の日　ゆったり浸かる　柚子の風呂
くじを引く　もらった賞品　松阪牛
落ち葉掃く　冬の木枯らし　身に染みる
粗大ゴミ　邪魔にならぬよう　デイに行く

大雪で　てんやわんやの　帰省客
大晦日　明けて新年　夢描く

平成二十六年（二〇一四年）

一月

福袋　年寄り向けの　ものはない

新年初売りで、デパートや商店街では福袋を販売。でも老齢者向けのものはないようです。

四世帯　集う我が家の　お正月

初夢に　出てくる顔は　えびす様

江戸っ子には　帰省の味わい　分かるまい

お正月　みんなで騒ぐ　デイの朝

脳トレで　みんなで遊ぶ　麻雀仲間

久しぶり　ワープロ挑戦　脳トレに

バイキング　旨いが気になる　血糖値

大雪に　備えるデイの　スタッフたち

連休は　孫を連れての　初詣

晴れ着きて　みんなで祝う　成人式

大寒波　八泊九日の　ご到来
寒い朝　背筋伸ばして　デイ通い
大相撲　頑張っている　遠藤君
小正月　幸せ頂く　小豆粥
センター試験　努力の成果　楽しみだ

綱の夢　またも遠くなる　稀勢の里

旨いもの　食べてはみたいが　血糖値

ノロウイルス　インフルエンザ　皆怖い

頑張っても　大関には勝てぬ　遠藤君

マー君の　メジャー進出　おめでとう

都知事選　誰を選ぶか　都民の悩み

ソチの朝　五輪風吹く　カンザクラ

老齢者　肉と野菜　どっちかな

デイの友　楽しく語る　昔話

脳トレは　年寄り向きの　おもてなし

二月

この頃は　寒波株価の　乱高下

経済界では株価が一日に六百円前後の乱高下し、気温も年初始めの大寒波。これからどうなるのでしょうか。

バースデー　みんなで囲む　冬の鍋

節分で　楽しい豆まき　鬼は外

寒い朝　今日は立春　春遠し

デイホーム　みんなで作る　お雛様

寒い朝　五輪の花咲く　ロシアソチ

大雪に　足を取られて　立ち往生

驚いた　東京の大雪　四十五年ぶり

俺や俺　母さん助けて　詐欺師の声

到来の　中華ちまき　久しぶり

バレンタイン　みんなで作る　チョコケーキ

立春を過ぎ　またもや大雪　東京の空

若人が輝く　金バッジ　ソチの五輪

草団子　食べて後悔　入れ歯取れ

積雪で　車渋滞　二月の変

古女房　今じゃ我が家の　地頭様

春の陽　遠くて近い　春日和

消費税　増税前の　お買いもの

はいはいを　始めたひ孫　腕の中

久方の　病院診療　読書タイム

冬の空　射し込む日ざしに　春の香り

アベノミクス　大盤振る舞い　大丈夫かな
春近く　花粉襲来　嫌な時

三月

迎春に　逆戻りした　春の雪

東京では立春を過ぎ、比較的温暖な日が続いていました。ところが昨日より突然、陽気が逆戻り。三月としては三年ぶりの寒さとなり、首にしっかりマフラーをし、寒そうに帰宅する人は少なくありません。

ブーメラン　戻ってこいよ　我が税金

春が来た　今日は楽しい　ひな祭り

我が愛犬　健康診断　ややメタボ

春トリオ　花粉黄砂　ＰＭ２・５

人気者　評判倒れが　問題だ

年度末　何かと忙しい　我が周辺
梅と桃　寒波に飛ばされ　春の変
春霞　今日は見えない　富士の山
南風　運んできたのは　スギ花粉
春の空　三寒四温　そのままに

金田中　家族みんなで　和食御膳

春一番　運んできたのは　花の便り

花粉症　マスク姿の　デイホーム

ウクライナ　先制占拠　ロシア軍

春分の日　行ったり来たりの　春陽気

新入社　評判悪い　介護職

大相撲　上位はすべて　モンゴリアン

自爆テロ　ルーツを探れば　我が日本

花便り　各地で開花　春の訪れ

花曇り　しとしと降りだす　春の雨

アレルギー　花粉より怖い　食物性
春が来て　押せ押せのイベント　年度末
フィギュアスケート　笑顔の雪辱　浅田真央

四月

座り過ぎ　動きの鈍い　高齢者

最近の言葉に「座り過ぎ症候群」というのがあります。高齢者が身体を動かさないで、一日中座りっぱなしのことをいうそうです。普段から座りっぱなしの人は、そうでない人に比べて死亡率が一・五倍も高いのだとか。

高齢者　テレビでお花見　茶を頂く

プロ野球　今年もダッシュは　巨人軍

入社式　トップが吠える　社の方針

若いパワー　選抜高校野球　我が青春

春の嵐　桜の花散る　お花見

高齢者　ついてはいけない　IT機器

入学式　お揃い付けて　一年生

高齢者　三つのK（健康・経済・孤独）に　悩まされ

拉致問題　制裁解除で　進展か

サプライズ　ひ孫よちよち　初散歩

温度差が　実りを招く　春の味

老いこの身　変わらぬことが　良い印

優れもの　誰が作った　車椅子

ウクライナ　今必要なのは　安全と絆

優男　知恵と力は　なかりけり

パチンコは　博打じゃないよ　遊びごと

入浴は　昔極楽　今地獄

脳トレの　クイズゲームで　頭かき

寿司を食べ　話まとめる　ＴＰＰ

脳トレに　効果抜群　川柳発句

初給料　諭吉の顔が　見たかった
Ｇウイーク　給料貰って　どう使う
デイホーム　いつもと変わらず　Ｇウイーク

五月

孫たちと　歩いて探す　鯉のぼり

最近は五月の節句というのに、街を歩いていても空に泳ぐ鯉のぼりの姿を見かけることがなくなりましたが、時には大きな公園で見ることがあります。

五月晴れ　元気を出して　孫を追う

初節句　兜飾って　鯉のぼり

クールビズ　みんなで省エネ　衣替え

これ珍味　木の芽ふきのとう　天ぷらで

新緑の　端午の節句　柏餅

G終わり　職場に復帰　疲れ顔

自画自賛　列国首脳に　アベノミクス

今が旬　みんなで頂く　鯵フライ

認知症　みんなで元気づけ　安全に

人手不足　規制緩和で　増員対策

遠藤君　人気だけでない　取った金星

「相棒」を　みんなで楽しむ　デイの友

新緑と　共に広がる　新茶の香り

孫たちと　焼肉食べて　ご満悦

中越紛争　暗雲近し　人ごとではない

春の嵐　外は梅雨空　低気温

人生で　持つべきものは　親友だ

クーデター　軍主導の　タイの国

認知症　吹っ飛ばすには　元気な返事

マー君居ない　連敗続く　仙台の星

赤ヘルが　西と東で　大違い
携帯に　かかる電話は　デイと孫
新入社員　少なくなった　五月病

六月

守ってる　三脱の教え　デイホーム

初対面の人には、年齢、職業、地位のことについて聞かないというルールがあります。これが「三脱の教え」と言われているものです。この三つのことを先に知ってしまうと、先入観が働いて人を公平に見ることができないということになります。デイホームでは年齢、職歴、家庭の環境には、あまり触れないようにしています。

初体験　馬券を買う　日本ダービー

だらだらと　身を持て余す　梅雨バテだ

寒い朝　犬の散歩は　ちらほらと

梅雨近し　どんより曇る　西の空

暴れ梅雨　豪雨と災害　西日本

ちと厳しい　サッカーワールド　ザックジャパン

難問で　悩まされる　五七五

五月晴れ　街角景気は　すっきりと

老妻と　共に頂く　特大ピザ

梅雨バテで　身体も空も　ドンヨリと

鮮やかに　映える新緑　宮の森
尖閣で　ちょっかいかける　中国軍
おもてなし　共に欲しい　思いやり
中休み　初夏を彩る　梅雨の空
万民の　求める心　不老不死

ブラック企業　悪いを承知で　金儲け
水無月に　紫陽花の花　雨に濡れ
フレイルで　老化の予防　高齢者
目の疲れ　老化の始まり　大丈夫かな
暴れ梅雨　雹を降らせる　東京にも

はかなくも　ブラジルの夏　サッカー終演

豊かさを　示す和暦　日本国

難聴で　視覚に頼る　読書かな

七月

夏休み　どこに行こうか　夢の中

暑い夏休みシーズンに入りました。帰省、先祖の墓参り、旅行、行楽、海水浴と、いろいろ頭に浮かびますが、私たち高齢者や身障者は、夢の中で昔を思い出して我慢しています。

新幹線　温泉気分で　足湯する

梅雨空に　ディナー頂く　イタリアン

暴れ梅雨　各地に起こす　水災害

議員さん　泣けば通る　己の主張

釣り忍　心を癒す　初夏の夕

七夕祭り　みんなの願いは　思いやり

異常気象　さまざま珍記録　梅雨空に

八丈島　明日葉で輝く　長寿の島

梅雨台風　雨風強く　本土接近

台風が　残した暑さ　桁外れ

大地震　いつまで続く　余震かな

世の中は　人を見て法を説く　心大切

採血は　白いテープで　様になる

夏休み　ガソリン高騰　お出かけは

コンビニで　有り難迷惑　過剰サービス

春雷一発　梅雨空消えて　夏本番
大相撲　国際化する　モンゴリアン
梅雨明けて　猛暑厳しい　夏の空
モンゴルと　若手同士の　競い合い
ゆらゆらと　風に吹かれて　夏飾り

土用の丑　中国が狙う　鰻屋さん
夏バテで　休む仲間多い　デイホーム

八月

老齢者　みんなの介護　ありがとう

授かった運に身を任せ、身の程を知って生きることを「福合」と言うのだと聞いたことがあります。今の自分の環境を考えて、それぞれの現況に身を任せ、楽しい老後を過ごしたいものです。皆さんの介護を受け、それなりに対処することが大切ではないでしょうか。

大空に　赤い花咲く　大花火
デイホーム　みんなで準備　夏祭り
夏空に　愛犬と散歩　ご苦労様
ゲリラ豪雨　台風接近　九・四国
いつまでも　忘れられない　原爆の日

涼しさを　求めて食べる　かき氷

ご来光　眺める空は　夢の中

台風が　邪魔する前に　帰省する

さあ行くぞ　世界に向けて　日本ワイン

盆休み　みんな揃って　どこへ行く

終活で　お墓の話題　多くなり

大泣きと　頭丸める　議員さん

蝉しぐれ　真夏の風情　懐かしい

焼肉で　スタミナ回復　孫強し

盆休み　家族揃って　お食事会

人生は　就活から　終活まで

夏さなか　グラタン食べて　暑気払い

ゲリラ豪雨　日本各地で　大暴れ

夏草や　心を癒す　露の花

暑い夏　若人集う　甲子園

皆集め　始める麻雀　デイホーム

ひ孫来て　よちよち歩き　さあ大変

焼肉で　幸せムード　血糖値

珍記録　四十五回続いて　決着つかず

九月

敬老の日　みんなでガヤガヤ　デイホーム

高齢者とは六十五歳以上の人のことで、日本では人口の四〇％を占めているそうです。デイホームでは、メンバーの平均年齢が八十五歳近くなので、六十五歳ではまだ若者扱いです。

中秋の　空に輝く　お月様

デイホーム　みんなで準備　秋祭り

デング熱　どこまで感染　秋の空

有り難い　みんなの介護　身に染みる

秋の空　豪雨災害　泣く人も

スタートは　アギーレジャパン　負け戦

秋風で　夏バテ癒す　菊の香り

満月に　団子頂き　夜が更ける

プロテニス　逸した優勝　錦織君

秋風が　涼しさ運ぶ　つきあい空

三連休　独り者には　秋の雨

食べること　老人にとって　生きる楽しみ

ネットでの　一人麻雀　はまってる

介護職　弱きを助ける　ウルトラマン

イギリスの　独立騒ぎ　気にかかる

人気者　一向上がらぬ　勝ち名乗り

秋バテで　だるくて重い　老いた我が身

敬老の日　デイで楽しむ　三味線ショー

爽やかに　秋風おどる　稲穂かな

秋深く　食欲進む　秋のグルメ

金曜日　ちょっと夜更かし　ネオンの華

秋本番　紅葉香る　遠き山々

新人まで　強い相撲の　モンゴリアン

秋日和　犬に引かれて　散歩する

十月

ノーベル賞　やったぜ光る　ダイオード

ノーベル物理学賞に日本の研究者三人が選ばれました。青色発光ダイオード。何となく親しめる感じがします。

南の空　いつまで続く　秋台風

衣替え　クールビズから　ネクタイに

遠来の　グルメ到来　食通の秋

旨いもの　探し求める　秋の旅

台風の　連続パンチ　異常気象

デイホーム　ハロウィン近く　飾り付け
頑張って　パ・リーグ制覇　お父さん
ハロウィンを　祝うケーキは　握り寿司
休日は　お父さんの仕事　犬の散歩
病癒え　再会の喜び　デイの友

体育の日　流した台風　十九号

外国勢　相撲はモンゴル　ゴルフは韓国

薄化粧　富士山冠雪　冬近し

梨食べて　秋の訪れ　待つ楽しさ

躓いて　老化現象　気にかかる

小事が　時には変わる　大事に

紅葉より　早く近づく　冬の足音

食いしん坊　グルメの話題で　気を癒す

増税と　政府の人気　相容れず

歯が痛く　食欲の秋　ままならぬ

物忘れ　加齢と共に　進む悲しみ

読書の秋　眼鏡頼りに　本を読む

中国製　麻雀台入れて　トラブル多し

冬近し　木枯らし荒れる　秋の空

十一月

物産展　昔懐かし　旅ごころ

老妻に連れられて、スーパーマーケットで開催されている中国地方の物産展を見に行ってきました。岡山の名物、広島の牡蠣料理や、それぞれの地方の駅弁が並んでいました。昔、若かりし頃、あちこち旅行したことを思い出します。

年度末　あちこちの道　掘り返す

大相撲　若手ライバル　うさぎとかめ

霜月で　厳しき寒さ　冬迫る

蟹解禁　季節の味わい　秋の収穫

デイホーム　新車にかわる　送迎車

持て余す　爆買い中国　秋葉原

山おろし　木枯らし荒れる　冬の陣

熊手持ち　集める福の　酉の市

年取れば　疲労回復　長寿の秘訣

蟹食えば　無口で食べる　同好会

寝溜めして　身体を休めて　ストレス無し

冬の空　やってきました　渡り鳥

甘いもの　疲れを癒す　優れもの

金かけて　選挙してみて　何変わる

期待外れ　我等がホープ　遠藤と遼

晩秋に　寒波襲来　総選挙

年取って　老化と疲労は　紙一重

大相撲　千秋楽で　早や師走月

年老いて　一番欲しいもの　若返り

秋分の日　みんな楽しく　音楽会

はやぶさ２　艱難辛苦で　宇宙へと

愛犬を　ベビーカーに乗せる　お年寄り

古くから　味噌汁一杯　医者殺し

霜月の　送り土産は　寒気寒波

十二月

かぼちゃ食べ　運を頂く　冬至の日

この日から太陽が復活すると言われています。縁起を担いで、「ん」のつくものを食べる日とされています。にんじん、だいこん、れんこん、なんきん（かぼちゃ）等。

師走月　今年の締めは　総選挙

過ぎ去りし　日々振り返る　我が人生

八十超え　ひ孫と一緒　ポチの散歩

肉を食べ　元気もりもり　白寿まで

年末に　流行する風邪　香港Ａ型

大寒波　運んできたのは　初雪だ

年の瀬に　商戦たけなわ　歳末セール

木枯らしが　運ぶ大雪　冬の空

麻雀で　役満つもる　夢の中

総選挙　景気回復　アベノミクス

脳トレの　麻雀でかく　役作り

総選挙　想定通りの　結果かな

大寒波　肝をも潰す　豪雪だ

ヘボ将棋　横から助言　仲間割れ

年齢には　降参しないぞ　老いの力

陽だまりで　船漕ぐ老人　小春日和

先輩に　お歳暮届ける　年度末

素人には　一見分からぬ　一工夫

大雪で　サンタが来ない　クリスマス

師走の夢　買った宝くじ　当たるかな

まだ続く　振り込め詐欺の　被害老人

年の瀬は　おせちの準備　大掃除

大晦日　輝く迎春　夢多し

平成二十七年（二〇一五年）

一月

車好き　今は寂しい　車椅子

若い頃から車が好きで、各社のカタログなどを集めて楽しんでいました。新車が発表されると、何を置いても見に行ったものです。残念ながら、今は車椅子。でも改良され、身障者の本当の意味での足になっています。

初春や　願う心は　一家安全

四世代　賑わう我が家の　新年会

爆発する　若人の祭典　箱根駅伝

仕事始め　責任重い　介護職

冬空に　日替わり天気　小寒の日

七草粥　食べて思うは　家内安全

花のパリ　銃弾飛び交う　テロ騒ぎ

初春や　若人集う　成人の日

インフルを　予防注射で　軽く済み

冬の朝　冷たい辛い　犬の散歩

はたき込み　勝っていくらの　逸ノ城

小豆粥　暖かく頂く　小正月

冬の朝　そっと覗く　霜柱

不注意で　転んでびっくり　医者通い

円安で　経済活性　里帰り

大寒の日　寒さ厳しい　老いの身に

おでんタネ　お国自慢の　老人会

大相撲　満員御礼　十八年ぶり

年老いて　みんなで祝う　誕生日

鼻風邪で　熱っぽい朝　老いの身つらい

一年生　欲しがるお祝い　スマートフォン
浜松と　餃子合戦　宇都宮
環境に　適応できるか　この人生

二月

年老いて　苦手意識が　蘇る

人は誰しも苦手なものがありますが、それを克服することが大切です。しかし、すべてを克服するのは困難なことでしょう。けれど、そのまま放置すると一生苦手なままです。何か大きなきっかけがあれば、克服できることがあります。若い頃のことを思い出し、感慨深い気持ちになります。

冬寒に　入浴三昧　至福の時

孫たちと　節分祝う　鬼は外

立春に　迎える寒波　遠い春

仕事の鬼　鬼は鬼でも　できる鬼

春近し　三寒四温の　日が続く

旬の味　採れ立ていちご　春の日和
バレンタイン　ウィンドウ飾る　チョコレート
連休に　孫を集めて　麻雀会
豪雪の　便り重なる　春あらし
未年　飾ろう楽しい　ひな祭り

還暦を　みんなで祝う　娘婿

バレンタイン　終わって寂し　チョコの店

散歩道　花壇彩る　花模様

春節に　商戦万全　小売店

春闘で　示せ労組の　底力

方言で　知る故郷の　香りかな

故郷より　届いた山菜　春の味

冬空に　寒さと乾燥　春近し

政治と金　もうウンザリだ　議員さん

春到来　ポカポカ陽気に　梅祭り

年老いて　生きる喜び　旨いもの
さあ大変　シーズン到来　花粉と黄砂
老化防止　酒場通いは　夢の中

三月

ポルボロン　頂き願う　我が人生

ポルボロンとは、スペインで作られるクッキーのこと。口に入れ崩れる前に願い事を三回唱えると、その願い事が叶うという意味があるそうです。

春が来た　春夏秋冬　始まるぞ

デイの春　年寄り集う　ひな祭り

狭き門　大学入試と　就活だ

高齢者　悩ます頭痛は　気圧の壁

まがいもの　大手を振って　世を渡る

大相撲　ちょっと荒れ気味　大阪の場所

手仕事で　一日過ごす　春の午後

春たけなわ　花の便りが　花粉呼ぶ

エルニーニョ　春秋短く　夏冬長し

年老いて　なおも厳しい　言葉遣い

杖ついて　よちよち歩きの　ひ孫連れ

過ぎ去りし　長い人生　禅問答

好ダッシュ　怪我に阻まれ　遠藤君

人生の　成功失敗　運と努力

年老いて　一人楽しむ　寿司屋巡り

卒業式　みんなで歌う　別れのうた

陽春に　若さ爆発　甲子園

春彼岸　孫と頂く　さくら餅

モンゴルの　怪物凌ぐ　照ノ富士

振り返る　数々の想い　間違い多し

春が来て　季節の便り　百花咲く

さくら花　開花宣言　後花冷え

長い人生　山あり谷あり　人生ドラマ

彼岸過ぎ　陽春の季節　春たけなわ

定年から　老後に変わる　我が人生

四月

デイホーム　人との出会い　お楽しみ

高齢者や身障者が集うデイホーム。時折、新メンバーが入所してきます。他人との交流が最も楽しいことであると同時に、認知症予防のための脳トレにもなっています。新メンバーが増えれば新たな交流が始まります。みんなで大歓迎です。

新年度　今年も元気に　エープリルフール

お隣が　いちゃもんつける　さくら花

高齢者　忘れてならぬ　ウォーキング

プロ野球　巨人もたもた　荒れ模様

便利グッズ　メリットデメリット　相殺だ

準備する　端午の節句　花盛り

雪と花　同居する寒さ　東京の街

花疲れ　眠気を誘う　春日和

花見酒　酔えば酔うほど　天国に

年老いて　危険な道を　踏みながら

異常気象　突風襲う　春の嵐

休日は　我が家で団欒　鍋囲む

年老いて　二人で楽しむ　旅路かな

物忘れ　加齢と共に　多くなり

春の恵み　穀雨といえども　春嵐

陽春の　春を彩る　花模様

運不運　いろいろあった　我が人生

花粉去り　次に続くは　黄砂かな

行く春に　暑さ厳しい　夏近し

ヘボ麻雀　顔を上げれば　さあ聴牌

ネパールの　地震災害　底知れず

渡り鳥　生まれ故郷へ　羽根伸ばす

スタートは　好天に恵まれ　Gウイーク

油断して　転倒骨折　病院へ

五月

病院で　何科と迷う　病い人

日頃から、何かと相談できる人をドクターに決めておきましょう。病院に通院している患者は、自分で主治医を決めておくことが大切です。

メーデーに　若者集う　五月晴れ

おもてなし　八十八夜の　新茶の香り

Gウイーク　みんなで頂く　ローストビーフ

産直で　新鮮野菜　道の駅

子供の日　西は粽《ちまき》　こちら柏餅

助手席で　親父船漕ぐ　嫁運転

年寄りの　百薬の長　新茶かな

年老いて　女房に感謝　母の日に

連休明け　若者かかる　五月病

箱根山　噴火でどうなる　黒たまご

七十年　早い年月　戦後の日

本当かな　大関狙う　照ノ富士

怖い世界　安保改正　平和日本

年老いて　入院手術　白内障

G過ぎて　暑さ到来　梅雨の前

孫たちと　共に楽しむ　イルカショー

お中元　商戦たけなわ　百貨店

よくぞ一勝　大学リーグ　東大野球部

五月場所　よく頑張った　遠藤君

時まさに　健康ブーム　平和日本

一番乗り　平成大関　照ノ富士
人生は　目標掲げて　突き進む
ラベンダーの　香り芳し　北の国

六月

カタツムリ　ツノ出せヤリ出せ　元気出せ

ジメジメした鬱陶しい朝、庭の小さな植木の中に可愛いカタツムリを発見。小さい頃に歌った童謡を思い出しました。

朝昼晩　目薬大変　手術の後

梅雨入りと　合わせて　増す暑さかな

物価高　安値の王様　バナナまで

白内障　治療終わり　月を見る

新ジャガで　作るサラダは　栄養豊富

テレビでの　言葉の乱れ　気にかかる

デイホーム　今日も快適　感謝の思い

脳トレで　脳の活性　デイホーム

鰻食べ　今日も元気に　ひ孫と遊ぶ

あちこちで　火山噴火　地震大国

桜えび　舌に染み込む　旬の食材

最近は　変化の激しい　空模様

肉を食べて　元気もりもり　良い老後

散歩道　紫陽花香る　初夏の雨

しとしとと　降る長雨　水無月

佐藤錦　甘さと上品　山形の味

父の日は　みんなで騒ぐ　ひ孫の日

良い睡眠　老人の健康　バロメーター

暑気対策　発酵食品　味噌の味

ゲリラ豪雨　日本列島　掻き回し

デイホーム　日曜サービス　介護の日
ジメジメと　梅雨明け近く　初夏の香り
年老いて　妻のお世話に　老老介護
人迷惑　列車で油撒く　ふとどき者

七月

梅雨空に　降ったりやんだり　覗き雨

山梨県に「覗き雨」という言葉があります。降ると思って傘を持参すると雨は降らず、近くまで行くのに傘を持たずに出かけると雨が降るといった状況を「覗き雨」と言うそうです。

いろいろと　お世話になります　孫の手に

月替わり　諸物価高騰　困ったもの

よく頑張った　なでしこJ　あとひとつ

朝夕に　レモン絞って　ビタミンC

夏商戦　リッチに賑わう　百貨店

七夕に　短冊飾る　でも台風

暑い夏　夏バテ防止は　食事から

貯金箱　貯まった小銭は　六万円

長い梅雨　雨に濡れてる　紫陽花の花

連日の　高温警報　猛暑の日

大相撲　早くも荒れ気味　名古屋場所

世の中は　世話をする人　受ける人

ボケ防止　秘訣は日々の　食にあり

夏休み　情緒あふれる　お国巡り

夏風邪に　負けない元気　老いの身も

名古屋場所　大入り続きで　千秋楽

荒れ模様　天候と政治　夏の陣

不眠症　眠れなくとも　恐れるな

夏バテに　疲れの連鎖　高齢者

古い暖簾　鰻を頂く　丑の日

山形の　数ある名物　桃の香り

赤いサイレン　病院に急行　救急車

夏バテに　一味違う　豚料理

災害に　準備万端　夏の空

過熱気味　高校野球　全国大会

騒がしい　日本列島　夏の陣

八月

面白い　各地の表現　オレオレ詐欺

千葉の「電話ｄｅ詐欺」。山形の「平成つけこみ詐欺」。
三重の「人情つけ込み詐欺」。富山の「もうかるちゃ詐欺」。

暑気払い　パイン食べて　夏の夕暮れ

資生堂　原料栽培　背水の陣

守りたい　時のバランス　生体リズム

話し合い　まとまりにくい　ＴＰＰ

猛暑の中　若人集う　甲子園

夏祭り　迎える準備の　デイホーム

老人の　興味も恐怖も　病のこと

介護職　暇を見つけて　夏休み

夏の夕　西瓜冷やして　孫と一緒

夏風邪で　体調崩して　休むデイ

物忘れ　増えたら気づく　要注意

枝豆で　冷やしたビール　至福の時

年老いて　増える認知症　みんなでケア

秋になり　厳しく変わる　介護保険

好景気　足取り重く　アベノミクス

挨拶を　笑顔で交わす　二人の絆

秋近く　空は青空　虫の声

夏祭り　みんなで歌う　お国メドレー

かぼちゃ食べ　いつも元気　老人パワー

夏バテも　月が替われば　秋バテに

庭いじり　季節の花と　暮らす毎日

グルメ時代　自分で調理　昆布の味

貴方なら　どちらを選ぶ　俳句か川柳

痛ましい　子供の自殺　新学期

九月

耳にする　鳥の唐揚げ　日本一

大分県中津市は鳥の唐揚げで全国的に有名です。市内に六十店以上の専門店があるそうです。「おおいた冠地鶏」を揚げたもので、特産品として評判で、東京にも何店か出店されています。そのお店から唐揚げを購入し、家族で美味しく頂きました。

防災の日　みんなで訓練　災害に
振り返る　けちった人生　いと悲し
災い招く　言葉遣いが　気にかかる
秋近し　旬の恵み　実だくさん
忌み言葉　世にははばかる　縁起もの

今が旬　鮎の塩焼き　秋の空

懐かしい　ホテルオークラ　新普請

台風去り　残る爪痕　大災害

円安で　増える訪日　景気向上

大異変　白鵬二敗で　怪我休場

秋の空　遠出で楽しむ　シルバーウイーク

お父さんの　ソフトバンク　リーグ連覇

岩手より　届いた松茸　ふるさと納税

敬老の日　みんなで囲む　将棋盤

スポーツの秋　野球も相撲も　大熱戦

シルバーウイーク　みんなで墓参　秋分の日

またも来た　新型のノロウイルス　大流行

秋晴れに　頂く舟和の　久寿もちの菓子

ボランティア　みんな驚く　マジックショー

中秋の　名月冴える　松林

秋深く　名物数々　美食の時
終活は　最後の務め　老いの我が身

十月

日本にも　あったハロウィン　古い祭り

旧暦の十月、西日本では「亥の子」、東日本では「十日夜」という、収穫を祝う悪魔祓いの行事があります。ハロウィンと同じように、子供たちが家庭を回って、餅や菓子を貰うという風習があったそうです。

神無月　神様お留守で　空荒れる

国慶節　爆買い景気　後始末

秋深し　そろそろ始まる　インフルエンザ

やって来る　高齢者社会　我が国にも

秋の華　テレビが教える　紅葉狩り

食卓に　華を添える　秋の鮭

高齢者　日々多くなる　物忘れ

ハロウィンに　飾るカボチャ絵　デイホーム

恵み豊か　秋田名物　きりたんぽ

体育の日　昔懐かし　運動会

林檎一個　毎日頂き　今日も元気

寒空に　届く新聞　朝ダッシュ

秋の日に　盆栽いじる　お年寄り

ハロウィンは　月末まで　ヒートする

孫の日に　ひ孫交えて　ゲームする

マイナンバー　国民みんな　囚人並み

甘利さん　ＴＰＰ合意　ご苦労さん

富士の山　初冠雪　冬の訪れ

牛蒡頂き　ますます元気　食の重さ

老体に　厳しい温度差　想定外

プロ野球　ホークス連覇　喜ぶお父さん

神無月　近く神様　戻ってくる

商売繁盛　外国並みで　ハロウィン様々

友と逢う　久方ぶりの　孫の話

秋深く　山や紅葉　冬支度

ハロウィンの　お祭り騒ぎは　終焉に

十一月

介護の日　心から感謝　みんなの支え

十一月十一日は「いい日、いい日」と介護をしていただく感謝の日です。「介護から快護」へと、高齢者は常に介護者に感謝しています。

霜月は　寒さ厳しい　冬の訪れ

文化の日　紅葉求めて　箱根まで

転倒は　油断大敵　高齢者

今が旬　土佐芋けんぴ　高知から

大相撲　頑張れ新人　御嶽海

紅葉の　京都散策　夢の中

コンビニで　おでん頂く　秋大根

年賀状　元気宣言　高齢者

火の用心　何より怖い　老いの身に

ウォークマン　今はスマホ　若者の手に

ＴＰＰ　頑張れ進次郎　農家の味方

花のパリ　同時多発テロ　戦かな

寒い冬　生姜ドリンク　温まる

新米を　頂く幸せ　日本の秋

高齢者　いつも気になる　空模様

ズワイガニ　シーズン到来　北国の海

九州場所　無事落着　巨星落ち

夜更かしは　最大の敵　高齢者には

夢を買う　年末ジャンボ　十億円

揉めないで　軽減税率　自民と公

北国で　どこまで吹雪く　冬将軍
ふくろうは　幸運の使者　身につける
新年の　おせち合戦　今たけなわ

十二月

年の瀬が　明けて新年　申の年

何かと忙しかった二〇一五年も今日が大晦日、明日から新年です。
新しい年に夢と希望を持って頑張りましょう。

年の瀬に　寒さ厳しい　師走かな

秋深し　都の紅葉　数多し

しめ飾り　飾って祝う　新しい年

冬将軍　またも大暴れ　日本列島

言葉遣い　いろいろ変わる　我が人生

冬空に　強風ともなう　火の用心
年末の　楽しい飲み会　メタボかな
異常気象　震災多い　我が国土
黒い雲　運ぶ季節風　赤しるし
羽生Ｖ３　世界最高　三三〇点超え

消費税　ようやくまとまる　自民と公

鑑定に　夢見るテレビ　ガンダーラ

吉良邸に　義士の討ち入り　元禄のテロ

暖冬で　青物安い　年の瀬に

毎日の　川柳のネタ　大仕事

明日葉は　老人の長寿を　招く草

冬至の日　柚子風呂立てて　南瓜食う

師走月　天皇誕生　お祝いの日

振り返り　我が人生は　本音か建前か

クリスマス　アベノミクスで　苦しみます

お歳暮に　年寄り魚　東北の味

お買い物　トラブル多い　年の暮れ

干しひじき　おせち料理の　箸休め

老いの身に　いつでも側に　ｉｐａｄ

平成二十八年（二〇一六年）

一月

年初め　今日も快晴　華やかに

明けましておめでとうございます。今年は申年で「病いは去る」と言われ、厄除け、良いことがあるという言い伝えがあり、希望の年です。

新年を　寿く家族　皆元気

若人の　元気ほとばしる　駅伝競走

年初め　新年宴会　頑張るぞ

七草粥　息災祈る　朝の味

しめ飾り　外して思う　新年の力

視聴率　挽回出来るか　真田丸

初春に　みんなで集う　成人式

新年は　笑顔で毎日　福を呼ぶ

年明けて　一陽来復　新年かな

忙しい　白菜の出番　鍋の季節

大相撲　中日を迎えて　多い休場

寿福は　高齢者に多い　認知症なし

快晴と　大雪同居する　狭い国日本

黒豆が　導く健康　日本の味

日本が　モンゴルに勝った　大相撲

そろそろと　近づく花粉前線　気にかかる

十年目　悲願達成　琴奨菊

睡眠は　脳トレと同じ　老化予防

申年に　米寿迎えて　今日も元気

春近し　観梅シーズン　ちらほらと

冬野菜　健康の横綱　大根と白菜

三春人形　昔懐かしし　張り子のトラ

雪外れ　インフルの後　花粉飛散

二月

春が来て　三寒四温　春の嵐

突然の寒波襲来で記録的な降雪となり、交通渋滞、停電などのトラブルが発生。二、三日すれば天候回復と思っていましたが、この寒波、居座り、三寒四温ではなく四寒三温、いや二寒五温のような状態です。

加齢かな　物忘れ進み　今日もミス

語呂合わせ　今日も記念日　何かの日

春近し　立春大吉　明るい未来

冬空に　ミサイル発射　北の国

月明かり　澄み渡る空　白い輝き

足早に　春の訪れ　青えんどう

孫たちと　共に祝う　建国の日

高齢化　日ごとに進む　日本社会

バレンタイン　孫からのチョコ　上がる血糖

義理チョコで　人の和作る　バレンタイン

若者が　老いの戯言　敬遠気味

痛ましい　暴力介護　老いの身に

我が家では　ティーバッグで飲む　モーニング

春近し　庭にオリーブ　生命の樹

コンビニで　恵方巻き残り　ゴミの山

年老いて　貧乏ゆすり　健康のもと

物忘れ　後からするより　今すぐに

ペットブーム　犬派猫派か　興味あり

二〇二〇　目指して走る　雷門

南国の　香り豊かな　宝来柑

三月

国技館　名称変更　国際館

大相撲春場所は今日、千秋楽。今年も上位はモンゴルを始め外国人力士たちでした。このままでは国技館を改め国際館と言いたくなります。

弥生月　春の嵐　幕開けだ

デイホーム　みんなで迎える　ひな祭り

雛あられ　楽しい節句　桃の花

長寿には　欠かせぬ運動　老いの身に

花開く　就活スタート　学生さん

睡眠は　長寿の柱　老いの身に

うらら三月　スポーツの春　待ち遠しい

世界から　五輪の花咲く　リオの街

早や五年　復興進まず　三・一一

春野菜　自然の恵み　たっぷりと

春嵐　おかしな気候と　春の場所

アルファ碁に　連敗続く　囲碁名人

不幸せは　一人では来ない　世の中は

一日中　笑いで過ごす　我が家かな

足早に　近づく春の香　桜咲く

瀬戸内の　解禁春告魚　いかなご漁
春うらら　蕾弾ける　桜花
大和言葉　筋を通して　考えよう
ベルギーの　同時多発テロ　戸惑う民衆
春の味　秋田名物　稲庭うどん

年度末　いろいろ難問　アベノミクス

春疾風《はるはやて》　大雨カミナリ　雹《ひょう》アラレ

お花見で　守ってほしい　エチケット

病気には　かからぬ予防の　心構え

春野菜　元気頂く　高齢者

四月

北国の　食材集めて　味自慢

日本一の酪農王国「北海道」。昔と違って旨いお米の産地としても知られています。魚は鮭、蟹、帆立。野菜は天下のジャガイモ、トウモロコシ、タマネギなどが豊富な産地です。

春が来て　フレッシュシーズン　新年度

花の季節　作って楽しい　春の花壇

体内で　増える悪玉　油断大敵

寿司食べて　楽しむ酢の味　長寿のもと

春うらら　新茶の香り　茶摘み歌

花は去り　枝に鮮やかな　青葉の芽

門外不出　鹿児島の味　紅さつま

年老いて　怖い糖尿　血糖値

春本番　若竹料理で　ご満悦

春の里山　薄紅色の　八重桜

笛吹けど　人集まらぬ　介護職

皐月賞　買ってみたが　馬は来ず

終わりなく　続く恐怖の　熊本地震

デイホーム　脳トレ体操　みっちりと

二十六歳　七冠達成　井山名人

低栄養　寿命縮める　元凶だ

ママチャリは　電動付けて　スイスイと

初月給　嬉しい諭吉の　得意顔

続く余震　終わりの見えない　大震災

Gウイーク　近間で観光　つつじ園

孫育ち　祖父《じじ》から卒業　寂し春の日

Ｇウイーク　好天スタート　行楽の日

錆びついて　動きが悪い　脚や腰

五月

五月晴れ　空を泳ぐよ　鯉のぼり

端午の節句。昔はどこでも見かけた鯉のぼりですが、一般家庭では見受けられません。公園などで大空に泳いでいる鯉のぼりを目にします。我が家では、ベランダに飾るおもちゃの鯉のぼりでお祝いをしています。

子供の日　鎧兜で　福を招く
日比谷公園　改憲護憲で　大騒ぎ
五月場所　若手の力　爆発だ
新鮮美味　北海名物　アスパラガス
健康生活　厳しいおきて　高齢者

年取って　好かれる爺い　明るい未来

G終わり　仕事に復帰　五月ボケ

なた豆で　糖と闘う　健康生活

雨映える　紫陽花の香り　庭の内

五月場所　連日続く　星取り合戦

梅雨入りに　気温高く　熱中症

初鰹　妻に頼んで　タタキ食べ

物忘れ　加齢と共に　記憶ボケ

税金を　まとめて浪費　ドンブリ勘定

また負けた　世紀の一戦　稀勢の里

健やかに　歳を重ねて　元気な長寿

夏場所が　終わって　本当の夏が来る

高齢者　想像旅行　夢の中

巨頭が　集う平和会議　伊勢志摩の海

日本蕎麦　代々木で花咲く　日本一

氷川丸　輝く栄光　重文指定

第三者　岡目八目　老人の目

朝食は　フルーツヨーグルト　我が家の定め

胡桃食べ　今日も元気　加齢予防

六月

大リーグ　やったぜイチロー　大記録

メジャーリーグ、マーリンズのイチロー選手が二安打を放ち、日米通算四二五七安打。ピート・ローズの最多記録を突破し、新記録を達成しました。

梅雨近く　青空続く　異常気象
いつまでも　続けていきたい　イキイキ人生
爽やかに　明るい生活　ジメジメ季節
東京都　ケチと欲張り　同居する
アベノミクス　地盤低下で　物売れず

梅雨の入り　五月雨かすむ　花菖蒲

牛蒡食べ　体調改善　健康効果

新緑の　季節を誇る　スプラウト

ストレスで　胃のトラブル　体に負担

梅雨入りで　体調崩す　老齢者

アメリカで　また銃犯罪　テロ発生
趣味多く　励む脳トレ　デイホーム
健康生活　食事が一番　ますます元気
フルーツは　銀座新宿　凌ぎ合い
さくらんぼ　山形名産　佐藤錦

参院選　アベノミクスか　反改憲か

暴れ梅雨　記録的豪雨　西日本

EUから　離脱か残留か　イギリスで

じじ臭い　孫から指摘　加齢臭

酢タマネギ　今流行りの　健康食品

はた迷惑　ＥＵ離脱で　大ショック

梅雨の中　晴天の青空　布団干し

鯉泳ぐ　広島圧巻　初夏の空

梅雨明けに　スタミナにんにく　元気のもと

梅雨時の　朝夕温度差　病のもと

七月

七夕の　彦星連れた　台風一号

七夕の夜、織姫と彦星が天の川で出逢うという伝説がありますが、今年は台風一号が発生し、沖縄や南西諸島を直撃、各地に被害をもたらしました。

イベント多く　楽しい七月　初夏の東京

テロ発生　日本巻き込む　ダッカの変

デイホーム　みんなで飾る　七夕様

お弁当　梅干し入れた　健康食

高齢者　たまるストレス　思案のもと

日本の夏　朝顔祭りで　涼をとる

大相撲　波瀾万丈　夏の陣

梅雨明けに　ゲリラ豪雨　日本の空

賑やかに　スポーツさまざま　夏の陣

中京で　荒れる大相撲　夏の変

北陸から　小鯛の笹漬け　若狭の香り

ひ孫連れ　暑さ凌ぎに　かき氷

山開き　列を作って　富士の山

東京で　ふるさと納税　地の香り

黒ゴマで　頂く健康　万能薬

補聴器を　つけて楽しむ　虫の声

観光客　地方を回って　知る日本

老人の　心を癒す　スポーツ競技

お中元　頂くフルーツ　上がる血糖

理不尽に　老人殺害　正義だと

暑さ凌ぎ　そうめんスイカ　胃の仲間

急変する　ペット事情　犬か猫

都知事選　誰を選ぶか　我が東京

八月

リオの夜　五輪開幕　平和裡に

三十一回目の夏季オリンピックがブラジルのリオデジャネイロで開幕。五輪が初めて南米大陸で開催されました。

梅雨明けに　積乱雲と　ゲリラ豪雨

シェアリング　街に漂う　流行語

人類に　自然の恵み　水資源

ポケモンＧＯ　みんなの公園　人だかり

夏休み　昆虫採集　山登り

金狙う　リオ五輪で　選手たち

八十歳　豊かな睡眠　老化防止

朝食の　健康定番　しじみ汁

デイホーム　みんなを引き込む　マジックショー

盆休み　みんなで出かける　故郷へ

この暑さ　犬も嫌がる　散歩道

縁台で　涼を求めて　ヘボ将棋

お盆過ぎ　台風一過　高い青空

高校生　熱闘甲子園　汗流す

冷え改善　ココアのもたらす　健康増進

蕎麦食えば　食欲増進　凌ぐ夏場

渋滞だ　築地と豊洲　魚の町

人気メニュー　みんなで頂く　鳥の唐揚げ

健康診断　気になる数値　血糖値

プロゴルファー　遼君の優勝　福岡の空

寿司好きに　気になる話題　マグロ規制

忙しさ　お茶で一息　癒しかな

異常気象　気象の変化　八月の変

九月

太鼓の音　響いて幕開け　大相撲

大相撲秋場所が開幕しました。稀勢の里の横綱挑戦が大きな話題となっています。

就活で　みんなで競う　麻雀会

夏バテに　食べる酢の物　元気食

秋来ると　知らせてくれる　虫の声

二十五年ぶり　みんなで挑む　鯉の滝登り

縁日で　昔懐かしい　ミドリガメ

夏祭り　頂くかき氷　デイホーム

お父さんの　声援届かず　ソフトバンク

生き甲斐を　求めて歩んだ　我が人生

長い年月　カンも経験　我が人生

老いても　忘れてならぬ　歯の手入れ

有事に備え　いつも元気　身体の手入れ

中秋の名月　台風と共に　吹き飛んだ

焼き芋は　金沢名物　五郎島金時

銀ブラで　頂くコーヒーは　パウリスタ

秋深く　若人復活　遼と遠藤

旬の味　楽しく食べる　秋の夜長

携帯の　電話コールは　ひ孫から

お彼岸で　先祖を祀り　おはぎ頂く

快眠は　老人にとって　幸せじるし

年老いた　我が愛犬　元気なし

豪栄道　二十年ぶり　全勝優勝

秋の空　少ない日照　野菜不作

レモン酢が　若さの秘訣　食欲の秋

甘くない　プロの世界は　命がけ

十月

日本ハム　鯉を頂き　日本一

プロ野球の日本一を決める「ＳＭＢＣ日本シリーズ２０１６」。セ・リーグの覇者「広島カープ」とパ・リーグの覇者「日本ハムファイターズ」との試合は、ハムが鯉を飲み込み優勝。日本一に輝きました。

神無月　神様おやすみ　来る嵐

新米の　ブランド名は　新之助

秋の日に　話題にのぼる　ノーベル賞

朝顔を　育てて楽しむ　家庭園芸

脳トレで　みんなで合唱　昔のメロディ

人の渦　五輪パレード　東京銀座

年老いて　あれこれ忘れて　認知症

秋の空　みんな元気に　体育の日

睡眠中　何度も尿意　年のせい

健康に　ビタミンミネラル　潤滑油

ハロウィンの　お祭り騒ぎ　日本にも

秋暮れて　南に帰る　渡り鳥

赤リンゴ　たわわに実る　青森県

実りの秋　台風豪雨で　日照不足

秋深く　夜空に浮かぶ　満ち欠けの月

おめでとう　象の出産　上野の森

秋晴れだ　みんな楽しく　食事会

ハロウィンだ　イモタコナンキン　秋祭り

名人戦　ソフトに勝てない　負け将棋

食習慣　老化を進める　低栄養

晩秋に　流行り始める　インフルエンザ

冬近く　血流改善　冷え知らず

じっくりと　秋の夜長で　読書三昧

脳トレに　知恵を絞って　五七五

ハロウィンは　ヒートアップで　今日ピーク

十一月

酉の市　縁起担いで　商売繁盛

江戸時代から続く開運招来、商売繁盛のお祭りは「おとりさま」と言って多くの人に親しまれています。酉の市に行って縁起物の熊手を購入し、それを担いで歩く風情は、この時期の風物詩でもあります。

霜月に　荒れる嵐　異常気象

晩秋に　家族で考える　食欲の秋

文化の日　輝く太陽　目に眩しい

独り者　旨くて安い　鯖の缶詰

粘膜に　怖い感染　ピロリ菌

立冬の朝　けあらし発生　東北の海

散歩道　みんなで守ろう　マナーと挨拶

木枯らし吹き　本格的な　冬来たる

紅葉で　真っ黄に染まる　イチョウ並木

大相撲　熱戦期待の　九州場所

きな臭い　世界を照らす　フルムーン

オケ老人　みんなで演奏　ボケ防止

暮れに向け　庶民困らす　物価高

幾たびも　耳にする健康情報　吟味して

芋食べて　今日も元気　孫と一緒

寒い冬　足冷え冷えの　庭仕事

感謝祭　ブラックフライデー　日本にも

長い人生　静かに送る　老後の生活

老眼鏡　かけて見直す　動体視力

初雪に　大きく騒ぐ　都会の人

床につく　インフルエンザか　風邪ひきか

九州場所　元気に終幕　モンゴル勢

ギャンブルも　いよいよ公認　カジノ法案

夏終わり　始まるスポーツ　冬の陣

ボケ防止　脳トレ川柳　世の話題

十二月

松迎え　煤を払って　師走かな

江戸時代、師走十三日を「松迎え」と呼んでいました。煤を払い、お正月を迎える準備を始める日と言われています。

年の瀬に　気持ちせわしい　師走月

年老いて　頼りになるな　バリアフリー

長い人生　己を知る　高齢者

年の瀬に　関サバ届く　至福の時

歳とともに　会話が減るのは　老化の兆し

冬の始め　寒波襲来　冬将軍

大揺れだ　大統領罷免　隣の国

認知症予防　みんなでワイワイ　お笑い大会

酉年を迎え　日本を襲う　鳥インフルエンザ

首傾げ　川柳発句　デイの友

寒空に　元気なワンちゃん　朝の散歩

年の瀬に　みんなで騒ぐ　忘年会

アスリート　オフはバラエティ　大忙し

貫禄違い　ネギはネギでも　九条と千住

冬空に　競って花咲く　チューリップ

冬至の日　柚子を浮かべ　湯治かな

忘年会　今年も無礼講　来年もよろしく

寒空に　鬼の霍乱　ノロウイルス

クリスマスイヴ　家族揃って　バイキング

老齢者　避けて通れぬ　認知症

門松を　飾って迎える　新しい年
基礎代謝　健康寿命と　老化防止
仕事納め　年末年始は　お休みだ
鰹節　旨味と健康　おせち料理
大晦日　感謝を込めて　迎春へ

平成二十九年（二〇一七年）

一月

酉年に　空に羽ばたく　我が未来

明けましておめでとうございます。今年は酉年。大空に羽ばたく勢いの年になります。老人と言われる歳になっても、未来を見つめて前進しましょう。

お正月　頂くお雑煮　どちら風
日本一　かけて頑張る　旭と青学
おめでとう　みんな元気　デイホーム
新年に　今年も頑張る　仕事始め
コーヒー良し　午後のドリンク　ココアあり

冬空に　みんなで用心　出初式

初場所は　天覧相撲で　幕上がる

若者が　元気に集う　成人の日

えびす講　商売繁盛で　笹持ってこい

お供えの　丸くて固い　鏡餅

冬将軍　寒波を連れて　日本上陸

小正月　今日も元気に　福招く

高齢者　腹八分目で　長い人生

風邪ひきは　万病の始め　母の教え

寒波の後　各地に豪雪　冬将軍

不調を知り　気になる体調　神経の乱れ

低気圧　気分まで低調　気象病

誰が引く　バラ撒かれた　ジョーカー札

綱取った　我慢の大関　稀勢の里

雪国の　かまくら祭り　冬の楽しみ

寒の中　家族で頂く　甘酒かな

誕生日　豪華なディナー　ケーキとも

肥満症　不健康のしるし　デブ菌という

ブロッコリー　食べて元気に　過ごす人生

冬空さなか　飲んで温まる　寒茶かな

冬深く　三寒四温　春を待つ

二月

デイホーム　心豊かな　我が人生

デイホームの仲間と世間話に花を咲かせるのは楽しいものです。この間一番話題になったことは、日本人の心が少し荒んでいるのではないかということです。「子供の声がうるさいから保育園の建設に反対」とか「除夜の鐘がうるさい」「餅つきは食中毒が心配」など、いろいろな意見が飛び出しました。いずれにせよ、豊かな心持ちで人生を生きていきたいものだと思います。

年毎に　弱まる視力　身に染みる

ヒートアップ　世界を揺るがす　トランプ語録

節分は　みんなで叫ぶ　福は内

立春で　新たな誓い　この一年

議員さん　忘れてはならない　滅私奉公

山芋を　食べて元気　とろろ汁

寒波襲来　気になる被害　老人と雪

悪い人　見つけて回る　なまはげだ

巨大赤字　大きいだけではない　東芝さん

街広く　荒れ狂う風　春一番

バレンタイン　終われば次は　スギ花粉
インフル終わり　次スギ花粉　待ち受ける
錆びついた　心のネジ巻く　高齢者
おはようと　朝の挨拶　一日元気
前を向き　生きる喜び　癒しの心

多いお祭り　横綱昇進　稀勢の里

難しい　予防と治療　老体に

春の嵐　三段構えの　猛烈さ

鼻風邪で　休む仲間は　花粉症

陽春に　お祭り騒ぎ　東京マラソン

春が来て　新緑輝く　並木道

年老いて　忘れてならない　チャレンジの気持ち

三月

人は皆　気力を出して　心爽やか

人生を振り返ってみますと、「面倒くさい」という気持ちについ負けてしまうことがあります。特に高齢者になって、何かあると心の中で「面倒だなぁ」といったことが浮かんできます。これらのマイナス思考に負けず、自分の気力を出すことを考えていきたいものです。

陽春の　季節開幕　花開く

バレンタイン　女子力強い　デイホーム

浜に咲く　豊漁の鰊　御殿再開

桃の節句　草餅食べて　春気分

我が人生　失敗続きの　穴だらけ

紅白の　花咲く梅の　香りかな

法守れ　スイスイ走る　電動車

春到来　安心できぬ　冷え症は

縁側で　嫌な夏場の　蚊の羽音

技競う　四人横綱　春の陣

年老いて　何時も苦しむ　肩と腰

要介護　何をやっても　脳トレとリハビリ

言葉遊び　動物の生態　人の口

日本語で　見えるオランダ　我が先輩

幸せは　自分で掴め　身近にあり

春日和　暑さ寒さも　彼岸まで

春が来て　みんな元気に　スポーツだ

春が来た　旬の味わい　ふきのとう

今が旬　美味しく頂く　清見オレンジ

春うらら　花より団子　花見かな

春の山　怖い雪崩で　多い事故

認知症予防　春から始めよう　健康生活

弥生月　別れと出会い　年度末

車椅子　素晴らしい進歩　身障者

プレミアムフライデー　これは残念　年度末

四月

繁殖に　備えて旅立つ　シベリアへ

冬、繁殖のために飛来し、春になると若鳥を連れてシベリア方面に帰っていく渡り鳥がいます。雁や鴨もその仲間です。来年も元気に日本にやってくるのを待っています。

桜咲く　陽春卯月　スタートだ
入社式　マンモス企業　油断大敵
春最中　どこから来た　春日和
春日和　元気で集う　デイの友
桜花　みんなで楽しむ　デイホーム

台風で　飛んでいった　ポテトチップス

散歩道　歩く風情は　春日和

幼稚園　晴れの入園　はしゃぐひ孫

風雲急　困った米朝　トランプさん

潮干狩り　孫と一緒に　アサリとる

旬の味　若竹頂く　果報者

青空に　大きくはためく　鯉のぼり

早や一年　復興進まず　熊本地震

春の嵐　また荒れ狂う　日本列島

老いの身に　欠かせぬ食品　脂肪質

偽物を　掴まされて　大損かな

インフルエンザ　終局近く　大流行

体脂肪　減らす仕組みの　緑茶飲む

春になり　気になる体臭　加齢臭

これからの　国を支える　若人の力

初ひ孫　はためく鯉のぼり　幼稚園
遠来の牛肉　家族みんなで　鍋つつく
Ｇウイーク　車スイスイ　街の中

五月

病院で　お世話になるのは　痛み止め

病院に行って医師の診断を受けるのは、「目眩がする」「食欲がない」「気分がすぐれない」といった体調不良の時が多いようです。しかし最近の傾向は「痛み」。肉体的な不調は、危険な状態の前触れという場合もあり、甘く見てはいけません。

良い気候　大型連休　皐月の顔

茶畑で　若芽摘み取る　茶摘み歌

憲法論議　護憲か改憲　大荒れ国会

庭に出て　植木いじる　みどりの日

端午の節句　大空に泳ぐ　鯉のぼり

夏近し　庶民の娯楽　潮干狩り

悲しき空　遠くへ旅立つ　デイの友

青空に　花々開く　春らんまん

夏近く　暑さに備えて　クールビズ

初夏の味　心から味わう　レモンケーキ

ミサイルが　狙う目標　横田基地

五月場所　元気に響く　やぐら太鼓

北海道産　タマネギじゃがいも　今が旬

道端に　香る花々　夏近し

天の川　眺めて楽しい　星月夜

椅子に机　お世話になった　我が人生

懐かしい　ふるさとの味　郷土菓子

庶民の願い　お蔭参りは　伊勢と金比羅

イギリスで　またもや発生　自爆テロ

庭に咲く　濡れた紫陽花　虫の声

ひ孫来て　じじも歌おう　幼稚園

忍び寄る　初夏の青空　梅雨近し

今日もまた　元気に通う　デイホーム

競馬ファン　待望のレース　日本ダービー

おめでたい　連日札止め　大相撲

串団子　食べてトラブル　入れ歯取れ
数独で　鍛える頭脳　加齢止め

六月

新幹線　介護のおかげで　楽しい旅行

十年ぶりに、新幹線のぞみ号に乗って京都へ観光旅行に行ってきました。大阪在住の実弟夫婦を招き、久しぶりに昔話をして古い昔を懐かしんできました。国宝三十三間堂、平安神宮、知恩院、南禅寺、祇園など、有名なところをガイド付きの介護タクシーで見物しました。その間、新幹線の車掌さんや駅員さん、更にホテルの従業員の方など多くの人たちのご協力、援助のおかげで楽しく過ごすことができ、心から感謝しています。もちろん、同行した家族の親身な介護には言葉にできないほど感謝しています。

今年はこれ　流行語大賞　ファーストだ

数独で　みんなで始めよう　脳トレ第一歩

またも自爆テロ　他人事とは思えぬ　ロンドンの街

歯の衰え　老化の兆し　悩み一番

夏に向け　ブームを起こす　若者たち

人気の巨人　躓くスタート　十二連敗
長寿の秘訣　健康野菜　豆もやし
年老いて　いろいろ変わる　趣味嗜好
老いてなお　忘れてならない　人の絆
上野の森　今度は本当　パンダ出産

ジューンブライド　嬉しい孫娘　目黒雅叙園

ビタミンは　身体にとっての　潤滑油

初夏の訪れ　花と水の祭典　あやめ祭り

空梅雨が　もたらす問題　水不足

プロ野球　交流戦で　セパが力比べ

夢で見た　上がって嬉しい　大三元

梅雨空に　ゲリラ豪雨　荒れ狂う

二十八連勝　盛り上がる棋界　若い力

陽の光　老化を招く　紫外線

老人病　最も怖い　誤嚥性肺炎

巨人の次　連敗記録の　タイガース
初夏の味わい　山形名産　佐藤錦
将棋界　ひっくり返す　藤井四段
熱中症　これから本番　夏来たる

七月

夏が来て　太鼓も茹《うだ》る　名古屋場所

大相撲名古屋場所が愛知県体育館で、今日幕開けしました。四横綱、三大関の揃い踏みは一九八〇年の名古屋場所以来です。

文月で　近づく梅雨空　初夏の香り

空気と水　生きるに欠かせない　二大要素

デイホーム　近づく七夕　笹飾り

梅雨明けに　各地災害　梅雨の空

冷茶飲み　常に警戒　熱中症

七夕で　年に一度の　ラブデート
納豆の日　美味しく頂き　元気者
梅雨明けに　猛暑厳しい　異常気象
今が旬　冷えた西瓜の　種飛ばす
暑気払い　みんなで食べる　旬の味

高年齢　体力気力の衰え　気の緩み

暑い夏　山を散策　癒される心

疲労回復　今日も元気に　デイホーム

大往生　日野原先生　百五歳

梅雨本番　各地に豪雨　異常気象

さまざまな　菌を発酵　健康応援

世の経済　歴史は繰り返す　金と資本

やったぜ白鵬　大記録達成　名古屋場所

夏場でも　油断大敵　誤嚥性肺炎

脳活で　守る力　加齢と記憶

夏バテに　枝豆食って　健康増進

おひとり様　楽しく暮らす　自分力

我が家では　ますます人気の　ふるさと納税

腎機能　衰え増える　熱中症

異常気象　ハナからシメまで　風と雨

八月

夏バテの　食欲不振　低栄養のもと

低栄養とは、昔の「栄養失調」のこと。高齢者は年毎に食べる量が少なくなってくるものです。低栄養になると「身体がだるい」といったようになり、これは大変危険なことになります。

台風が　持ち込む暑さ　八月の顔

夏が来た　盛大に行う　多いねイベント

年老いた　身障者支える　補助用具

夏祭り　提灯を作る　デイの友

加齢かな　充分寝ても　疲れてる

台風五号　日本縦断　ノロノロと
盆休み　準備万端　抜目なく
人格を　育てるお盆　供養の心
夏空に　続く連休　お盆休み
厳し残暑　日陰求めて　蝉の声

盆休み　家族揃って　墓参り

柿のイメージ　こわす福岡の　太秋柿《たいしゅうがき》

冷害で　収穫半分　野菜高騰

高齢者　肉と魚　どちらがお好き

秋茄子は　嫁に食わすな　今が旬

老人の　身体に厳し　この暑さ

へその緒で　無届けさい帯血　稼ぐ医師

世の流れ　前は成人病　今国民病

食習慣　注意が肝要　偽の食欲

熱帯夜　夏の大敵　蚊に刺され

大衆魚　鰯を食べて　元気はつらつ

夏バテは　猛暑の名残り　さようなら

肉を食べ　夏バテ解消　秋近し

防災の日　台風接近　波高し

九月

秋の空　異常気象で　大騒ぎ

台風一過で空は抜けるような青空…と思って安堵していたら、西日本では連日記録的な大雨で、河川は増水し氾濫、道路は冠水。土砂災害で道路は寸断され、各所で交通が麻痺して自衛隊が出動するなど、大変な災害となりました。異常気象の連続です。

驚いた　北のミサイル　防災の日

旬のもの　桃栗三年　柿八年

新学期　厳しい試練　若人には

秋の夕暮れ　寂しげに飛ぶ　赤とんぼ

残暑過ぎ　楽しいシーズン　秋祭り

プロ野球　残る激闘　ＣＳ戦

大相撲　寂しく開幕　秋の場所

曇り空　腰にトラブル　気象病

やぐら太鼓　両国に響く　秋の場所

夏バテで　めまい疲れ目　体のＳＯＳ

中秋の　秋から夏に変わる　東京五輪

青空に　台風一過　味覚の秋

秋本番　しばらくお休み　三連休

連休の　お土産嬉しい　秋きのこ

ブルーマンデー　元気に向かう　週始め

赤い秋　空を飛び交う　赤とんぼ

課題残し　千秋楽近い　大相撲

ここ一番　勝負に弱い　豪栄道

米朝の　舌戦活発　お手柔らかに

秋恒例　楽しい食事会　デイホーム

秋の花　真っ赤に輝く　彼岸花

プロ野球　十万号目の　ホームラン

物忘れ　増えたら危険　認知症

秋の空　遠くへ去って　冬近し

十月

朝夕の　大きな温度差　身に染みる

十月に入り、冷え込みが厳しくなってきました。その上、朝夕の寒暖の差がかなり大きく、一日の最高気温の温度差も普通ではありません。東京では、十二日は二十九度、その翌日は九・九度、六十年ぶりの記録になりました。高齢者にとっては、身体の調節機能に大きな負担を与えることになります。

希望の街　東京ファースト　都民の日

ハロウィンで　みんなで作る　お化けの面

曇り空　ちらりと輝く　中秋の名月

底なしの　青空高く　秋の夕暮れ

高齢者　狙う詐欺師の　新手口

歯が元気　身体も順調　長寿の秘訣

秋空に　若人集まり　体育の日

体育の日　ハッピーマンデー　連休に

老化防止　なくてはならない　コミュニケーション

甘納豆　食べて気になる　血糖値

秋のイベント　みんな一緒　食事会

高齢者　長寿を願う　介護保険

秋の香り　甘くて美味しい　べったら漬け

本土を狙う　季節遅れの　台風二十一号

自民圧勝　民社バラバラ　躓く希望

木枯らし吹く　寒さ厳し　冬支度
この季節　根っこを食べて　元気いっぱい
気候急変　衣替えが　追いつかず
北風吹き　おでん頂く　冬の鍋
本に恋する　心のゆとり　読書週間

プロ野球　勝負あった　パの優勝
青空高く　台風一過　冬の訪れ
車を止め　みんなで騒ぐ　ハロウィンで

十一月

貯金箱　開けてびっくり　暮れの賞与

「卓上のコインバンク」と言われている貯金箱があります。日頃の小銭を貯めていたところ、満杯になったので、近間の郵便局で両替したら、総額五万円余りの臨時収入となりました。天から頂いた暮れのボーナスと有り難く頂戴しました。

霜月で　山々紅葉　色鮮やか

アメリカで　相次ぐテロ　困る市民

文化の日　ひ孫に連れられ　運動会

珍しい　肱川おろし　冬の朝

火の用心　外から聞こえる　夜回りの声

れんこんは　栄養豊かな　茨城の味

死者九人　ネット社会の　落とし穴

冠雪で　寒さ到来　立冬の日

七五三　ひ孫が喜ぶ　千歳飴

南国で　響くやぐら　九州場所

遠い空　翼を広げて飛ぶ　渡り鳥

眼病に　効果てきめん　ブルーベリー

熱戦の　九州場所は　場外乱闘

黒豆で　元気な身体　ブラックフード

酉の市　縁起担いで　熊手買う

聞こえない　加齢の難聴　人の話

酢にんにく　食べて元気に　カラオケへ

小雪の日　各地から届く　雪の便り

寒い初冬　みんなで感謝　新嘗祭

小売店　頑張る商戦　ブラックフライデー

千秋楽　ようやく閉幕　九州場所

年の瀬に　流行る感冒　怖い咳

日馬富士　涙と共に　引退す

年の瀬に　イノシシ徘徊　街の中

晩秋の　皇居散策　紅葉狩り

十二月

大晦日　酉から戌に　年変わる

今年は酉年。大空に羽ばたく希望の年と言われて一年が経ちました。一年を振り返ってみると、大きな変化はありませんでした。高齢者にとって、変化のないことは良いことと言われています。天皇の退位、新天皇の即位となる来年は平成の最後の年になります。戌年に当たり、素晴らしい新年になることを期待しています。今年一年、ありがとうございました。

道路工事　建設ラッシュ　道狭い

年の瀬に　届くカレンダー　社名入り

忍び寄る　年の瀬の次は　お正月

身に染みる　感謝感謝の　敬老の日

待望の　ひ孫誕生　小春日和

雪と共に　木枯らし荒れる　冬景色
新入社員に　とっても嬉しい　忘年会
そっと聞く　ひ孫の好きな　プレゼント
ポチ散歩　冬空寒く　パパの仕事
煤払い　垢を落として　迎春に

老妻から　口から異国語　薬品名

新入社員　初めてのボーナス　母への贈り物

初孫の　笑顔を見つめて　目のお正月

寒空に　満月眺めて　バイク事故

クリスマスセール　客足上々　好天気

好天気　空気からから　火の用心

インフルエンザ　流行の兆し　年の瀬に

冬至の日　柚子湯に浸かって　一陽来復

年の瀬の　大人のお祭り　有馬記念

耳障り　乱れた日本語　テレビ画面

九州場所　場外乱闘　物言いつき

蜜柑食べ　元気に迎える　お正月

年の瀬に　サイレン鳴らして　救急車

西はカラカラ　北は大雪　異常気象

八雲　憲司（やぐも　けんじ）

昭和３年大阪生まれ
長年労務人事教育のコンサルティングに従事
平成６年に脳梗塞で倒れ現役を引退
平成26年７月に『介護川柳 ―おもいやり―』を出版

介護川柳 おもいやり ～「一日一句」五年間の集大成～

2019年１月17日　第１刷発行

著　者　八雲憲司
発行人　大杉　剛
発行所　株式会社 風詠社
〒553-0001 大阪市福島区海老江 5-2-2
大拓ビル５-７階
TEL 06（6136）8657　http://fueisha.com/
発売元　株式会社 星雲社
〒112-0005 東京都文京区水道 1-3-30
TEL 03（3868）3275
装幀　２DAY
印刷・製本　小野高速印刷株式会社
©Kenji Yagumo 2019, Printed in Japan.
ISBN978-4-434-25527-4 C0092

乱丁・落丁本は風詠社宛にお送りください。お取り替えいたします。